Deux tigres en colère

Raconté par Robert Giraud d'après la tradition indienne
Illustré par Pierre Caillou

À Plume et Luna,
qui savent déjà mieux partager
que nos deux tigres pas malins.
R. G. et M. L.

Père Castor • Flammarion

Éditions Flammarion – 87, quai Panhard et Levassor, 75647 Paris Cedex 13 – ISBN : 2-08120104-6

Dans la grande forêt de l'Inde, qu'on appelle la jungle, avançait un jour une redoutable bête au pelage rayé. C'était un tigre. Il avait faim et partait en chasse.

Dans la même forêt, non loin de là,
une bête tout aussi redoutable
et au même pelage rayé avançait à sa rencontre.
Ce deuxième tigre avait aussi faim que le premier
et cherchait lui aussi n'importe quoi à manger.

Au milieu d'une clairière,
un beau morceau de fromage
était posé sur l'herbe,
oublié là, sans doute,
par un chasseur du village voisin.

Venant de deux côtés opposés,
les deux tigres débouchèrent
au même moment dans la clairière
et s'arrêtèrent pile
devant le morceau de fromage.

C'est alors que survint un renard.
Les deux tigres s'arrêtèrent, chacun d'un côté du fromage, les yeux tournés vers le nouvel arrivant.

– Que se passe-t-il ? leur demanda le renard. Pourquoi êtes-vous là, tous les deux, à tourner autour de cet appétissant morceau de fromage, au lieu de le manger ?

– J'ai très faim, je veux ce fromage
pour moi tout seul,
gronda le tigre de droite.

– J'ai encore plus faim que lui,
rugit le tigre de gauche,
il me faut ce fromage
pour moi tout seul !

– Vous avez l'air aussi costaud l'un que l'autre, remarqua le renard.
Aucun de vous ne pourra s'emparer du fromage par la force.
Mais vous avez la chance de m'avoir avec vous.
Comme vous le savez,
je suis le plus malin des animaux de la jungle.
Je trouverai sûrement une solution à votre problème.

– Eh bien, d'accord, nous t'acceptons pour arbitre, firent les deux tigres d'une même voix.

– À la condition que vous ferez exactement ce que je vous dirai, ajouta le renard. Autrement je m'en irai et je vous laisserai vous entretuer.

– Nous sommes d'accord pour t'obéir en tout, déclarèrent les deux tigres, le tigre de gauche aussi bien que celui de droite.

Le renard tailla alors une tranche
dans le plus gros des morceaux et…
se la fourra dans la bouche.
– Mais que fais-tu là ? s'exclamèrent
d'une même voix les deux tigres.
Tu manges notre fromage, maintenant ?

– Messieurs, je ne pouvais la donner à aucun d'entre vous, autrement le partage n'aurait pas été juste.
– C'est vrai, firent les tigres. Tu raisonnes bien.

Le renard examina à nouveau les deux parts.
Maintenant, c'est celle dont il avait détaché une tranche
qui paraissait plus petite que l'autre.
Il le signala aux tigres qui hochèrent
chacun leur tour la tête en signe d'approbation.
Le renard prit alors la part de gauche et en détacha une tranche…

qu'il engloutit aussitôt.
Les deux tigres le regardèrent manger avec envie,
mais ils ne pouvaient rien dire, car ils lui avaient donné leur accord.
Cette fois-ci encore, les deux parts de fromage ne furent pas égales.
Le renard dut couper encore une tranche,
qui prit le même chemin que les deux précédentes.

Longtemps le renard
continua à partager.
Et à chaque fois
il s'arrangeait pour que
les deux morceaux
ne soient pas tout à fait
de la même taille.

Et à chaque fois il mangeait la tranche
qu'il retirait à la plus grosse des deux parts.
Et à chaque fois le fromage diminuait.

Le renard fit tant et si bien
qu'il ne resta finalement plus du fromage
qu'un malheureux débris.
Cela ne valait même plus la peine de le partager.
Sans se démonter, le renard le mit dans sa bouche
et plongea dans le sous-bois,
si vite que les tigres n'eurent pas le temps de faire ouf.

Les tigres se regardèrent consternés.
Leur arbitre avait disparu, et leur fromage avec...

L'un des tigres dit à l'autre :
– Cousin tigre, tu ne crois pas que nous avons
eu tort de faire appel au renard ?
Et le deuxième renchérit :
– Oui, le renard nous a bien roulés.
Mais nous avons eu tort de nous disputer le fromage.
Nous aurions pu nous mettre tout de suite d'accord pour le partager.
Ainsi nous en aurions mangé au moins une moitié chacun.
Alors que maintenant, nous sommes tous les deux
aussi affamés qu'au début.

Imprimé par G. Canale & C.S.p.A., Borgaro, Turin, Italie – 12-2006 – Dépot légal : janvier 2007
Éditions Flammarion (L.01EJDN000112)
Loi n°49-956 du 16 juillet 1949 sur les publications destinées à la jeunesse.